小さな幸せ×1000＝大きな幸せ

白鳥鈴奈

竹林館

詩集　小さな幸せ×1000=大きな幸せ

目次

そこ　かしこ

ささやかな
日々の中にも
幸せはある

季節の移ろいの中で

春夏秋冬の心もよう

小さくて愛しいものたち

思わず微笑んでしまう愛すべきものたちへ

小さな物語

物語のような
言葉の世界

カバー・挿画　著者

小さな幸せ×1000＝大きな幸せ

Reina.S

そこ　かしこ

ささやかな日々の中にも幸せはある

ずんちゃった

広い畑の真中で
今日も日向ぼっこしていた
大根たち

白い体を
くねくね　ひょろひょろ
あっち　こっち曲げて
ずん　ちゃった
ずん　ちゃった

体操しているんだか
踊っているんだか

じっとまっすぐ
立っているのに
飽きて　疲れて
ずんちゃった

キリン模様

バナナは
黄色のお肌が
キリン模様に
なった時が
お食べごろ

ねこじゃらし

ねこじゃらし　ねこじゃらし
庭にわんさか　生えてる　ねこじゃらし
いつか　抜いてやろう　ねこじゃらし

雨にぬれた日　青くきれいな　ねこじゃらし
猫を　こちょこちょした　ねこじゃらし
あの子も　こちょこちょした　ねこじゃらし

草抜き　今日こそ　抜いてやった　ねこじゃらし
なぜか　花瓶の中に　入ってる　ねこじゃらし
花と一緒に　はいってる　ねこじゃらし
気どった顔して　入ってる　ねこじゃらし

食パン

パン屋の食パンたちは
立派な棚に　でんと
大きな顔して並んでる

食べてごらんって
目が笑ってる

スーパーのパンたちは
機械で作られて　どれも同じ
しょんぼり細い顔して並んでる

買ってくださいと
目で訴えてる

いい数字

買い物で　いい数字ですね
レジをのぞくと　１１１１円

言われなければ　わからない
嬉しいような　そうでもないよな

言ってくれたも　サービスの
キリ番　ゾロ目の　いい数字

嵐の飛び魚

南の海から　バタフライ
大きなお目々を　ぎょろっとさせて
波しぶきあげて　飛んできた
大きなひれを　ばしゃばしゃさせて
そこどけ　そこどけ　いいながら

大きな島も　ひとっ飛び
大きなお山も街も　ひとっ飛び
みんなのお家も　ひとっ飛び
行くぞ！　行くぞ！　と聞こえてきたので
お布団かぶって　寝ていたの

もう行ったかしら？
と外見ると
なんだかまだ近くにいるみたい
すっ飛んでいく
嵐の飛び魚

尾ひれを右に左に
うちわのように
大きく揺らし
お空の波で
枯葉がたくさん
踊ってるの

膨らまないパン

ゴマのパンが　膨らまない
いくら待っても　膨らまない
昼に焼き立て　食べたいよ
ウインナーはさんで　食べたいよ
膨らんでくれ　膨らんでくれ
お願いだから　膨らんでくれ
いくら待っても　膨らまない
一時間待っても　膨らまない
二時間待っても　膨らまない
仕方がないので　小さいまんま
最後の仕上げで　焼いてみたよ

ゴマのパンが　焼けたよ
小さなパンが　焼けたよ
情けないパンが　焼けたよ
ウインナーも　挟めやしない
ままごとみたいなパンが　焼けたよ
昼に間に合わず　三時にできたよ
あなたに見せると　半分に割ったよ
パクリと食べて　おいしいと言ったよ
私も食べてみたら　何かの味と似ていたよ
ふっくらした　ゴマパンではなくて
さくさくの　ゴマクッキーになっていたよ

エコハガキの歌

ずっと昔　その昔
小鳥と一緒に　暮らしてた
お山の木だと　誰が知る？

ハガキになった　私見て
スーパーの棚で　並んでた
牛乳パックと　誰が知る？

ずっと昔　その昔
牛乳パック　だった頃
からだは重く　大きくて
一人どっしり　座るだけ

今はハガキに　なったから
からだは軽く　小さくて
どこかの家の　ポストまで
お便りもって　旅するの

ハガキになって　おしゃれして
伝言しょって　どこ行くの？
お山の鳥が　聞きました

赤いポストに　入れられて
あなたのように　空飛んで
誰かに笑顔　届けるの

天使のはしご

雨上がりの　泣きぬれた海上に
重い雲のカーテン　まあるく開けて
するっと届いた　光のはしご

誰がかけたの？　と見ていたら
涙目の幼い天使たちが　降りてきた

いたずらして叱られて
こちらにちょっぴり　遊びにきたのかな？

朝顔の種

ベランダで朝顔を
上から覗きこんだの
お喉が渇いてない？
って　ジョーロを持って

そうしたら
手と手をつないだ間から
ほっぺがぷくっと　膨らんだ
きみどり色のお顔が
私を見ていたの
あっちでこっちでね

花は終わったばかりですよ！
ちゃんと見てくれました？
なんてつぶやいたの

今度は
手と手をつないだ間から
ほっぺがしわしわ　へこんでる
茶色のお顔が
私を見ていたの
あっちでこっちでね

もう種になってますよ！
来年植えてくださいね
なんてつぶやいたの

ケーキを作りましょう

お店に行って　材料集め
おうちに帰って　さあ作りましょう
バターと砂糖が　ぐるぐる仲良し
卵もいれて　ぐるぐる仲良し
白いお粉と　魔法のお粉を
ふるって入れて
実も入れて
ぐるぐるまぜて
うつわに入れて
大きな声で
まじないかけましょ

こんがり　ふっくら　大きくなーれ！
こんがり　ふっくら　美味しくなーれ！
大きくならなきゃ　食べてやらんよ！
美味しくならなきゃ　食べてやらんよ！

それを聞いて　ケーキも大慌て
一生懸命　深呼吸
スーハー　スーハー
空気をすって　膨らんで
できたよの声に　見に行くと
ふっくらケーキが
さあ　できあがり

夢のふうせん

ほおずきで作った風船
そっと　手のひらにのせてみた
ほのかにかんじる重み
それは　今にも風に乗って
どこか　はるかかなたへ
とんでいってしまいそう
川を越え　草原を越え
夢をいっぱいつんで
どこまでも・・・

木漏れ日

木の葉のすきまから　金色の光の棒が
たくさんさしこんでいる
風が吹くと　それはやさしくゆれる
やわらかく包んでいる
枯れ葉が静かに　その中を舞い散る
光の精が　楽しく踊っている
長い髪を　風になびかせて
いっしょに踊ろうと　私に手招きをする
まぶしいばかりの微笑みを浮かべて

もしもネコならば

もしもあなたがネコならば
原っぱで　時折薄目を開けながら
ごろんと昼寝をしているネコでしょう

ヒゲがたくさん　ぴんとはった
丸々太った
とってもふてぶてしい
どこにでもいるネコでしょう

もしも私がネコならば
家の中のソファーで
ふんわり寝ているネコでしょう

毛並みのいい
すらっとした
かわいい
愛されるネコでしょう

あなたは薄目を開けて目を覚ますと
あくびをしながら　周りをきょろきょろ
そして
どこか好きなところへ行くでしょう

私は薄目を開けて目を覚ますと
誰もいない部屋を見て
足音するまで
ソファーでじっと待っているでしょう

ゾウの時間

多くの物を欲しがって
息切れしながら
いろんなことを同時にしながら
頭のメモ帳は　スケジュールがぎっしりで
忙しいと言うのが　ステータスのように

そうやって　追われながら
無理して走り続けて
目的のゴールまで　ばてないで
たどり着けるのかなあ？
その目的さえも　わからないままに

時には
アフリカの大草原にいる
ゾウのように
のっしり　のっしりと
ゾウの時間で
過ごしてみたら
自然の中で生きているっていうだけで
どんなに素晴らしいってこと
わかるのかなあ？

ゆるい変化は目に見えなくて

同じような毎日
ため息まじりの毎日

変わって欲しいのに
何も変わらない毎日

二つ買ったアマリリスの球根鉢
ひとつはすぐに芽が出たのに
残りは一月経っても芽を出さない

もう枯れたと諦めて
でもついでに水を注いでいたら
今ごろやっとこ芽が出てきたの

変わっていないようで
少しずつ変わっている
ゆるい変化の毎日

小さな幸せ　大きな幸せ

テレビを見て
思わず笑ってしまった
今このとき

今日の空が
いつもより青いと気づいた
今このとき

大好きな人が
そばにいる
今このとき

当たり前の日常から
小さな幸せ
いっぱい感じて
いっぱい　いっぱい
心にとめて

そうしたら
毎日三つ分の幸せ　集めただけで
一年で１０００個分以上の
大きな大きな幸せ！

好きと嫌い

生まれた時は
好きなものも　嫌いなものも
あんまりなくて

お日さま　のぼるたびに
好きなもの　いっぱいできて

お日さま　しずむたびに
嫌いなもの　ちょっぴりできて

嫌いなものが
今　この手にのっていても
好きなもの　いっぱい
この手に　のっていったらいいね

鍋の底に鈍感

今頃になって
一年以上もたって
洗っている時に　気がついた
鍋の底に　バーコードつきのシール
こんなところに　貼ってあったなんて
ぺったんこって！
それもど真ん中に！
コンロの火にかけるものなのに
よく燃えずにいたもんだ
こんなところに貼る
工場かお店の方も　どうかと思うが
一年以上も気がつかない人の方こそ　どうかと思う

木

意思を持たぬかのように
そそり立つばかりの木も
冬には
木枯らし吹けども　雪が降れども
夢をみいみい　深く眠り

春には
ぽかぽか陽気に　目をさまし
枝先をぐーんと伸ばしてあくびして

夏には
枝にのっかる　鳥や虫たちと
楽しくケラケラ　ワサワサ　ふざけあい

秋には
色づくハンカチ　振り落とし
去り行く者へ　別れを惜しむ

だけどいつだって木は
移ろいゆく季節の中で
何も望んだりはしていない
こうしてほしいとも
ああしてほしいとも

暖かいお日さま浴びて
自然という家族の中に
ただいるだけで
十分だよ　とでもいうように・・・

季節の移ろいの中で

春夏秋冬の心もよう

春までの間

小さな花壇に球根や花を植えました
チューリップ　ムスカリ　パンジーにビオラの花
植える深さも並べ方も土づくりも肥料やりも
全く適当です

それでも　春にはきっと・・・
赤いレンガの小さな花壇には
春の優しい柔らかな光が　差しこみゆらぎ
ピンク色のチューリップが　見つめ合って仲良く並び
青紫色のムスカリが　足元にずらりとかしこまり
黄や紫のパンジー　ビオラが　手をつないで広がって
みんな楽しそうに　華やいでいることでしょう

冬から春への　変わりゆく季節の間にも
芽がでたら
「ほら、芽が出たよ！」って
大きくなったら
「大きくなったね」って
花が咲いたら
「綺麗に咲いたね！」って
目を細め　指を差し
あなたは私に　私はあなたに
生命の喜びを　美しさを　その瞬間を
互いに知らせ合い
何度も何度も　微笑みこぼれることでしょう

Spring Flowers

スミレは　ちょっぴり　恥ずかしがり屋
ななめ下にうつむいて
チョウチョが来ても　気がつかないふり
どうか私の事は　気にしないでねって

バラは　ちょっぴり　自惚れ屋
鏡に向かって　聞いてるの
世界で一番美しいのは誰？　って
自信たっぷり　微笑みながら
香水いっぱい　ふりかけて

チューリップは　ちょっぴり　おしゃべり屋
誰かれ構わず　話しかけて
だから口はずっと開けっぱなし

だけど夜は　喋り疲れて
口をすっかり　つぐんでいるの
遊び疲れて寝ている　子供みたい

タンポポは　ちょっぴり　八方美人
ボンボリ頭を　チョコチョコ振って
目と目が合うたび
キュートにスマイル

だのにいつの間にやら
ちゃっかり白い羽帽子なんかかぶってね

風におねだりなんかしているの
私をどこか知らない所へ　連れて行ってねって

桜はちょっぴり宴会好き
年に一度のお祭り騒ぎ
一番楽しみにしているのは
誰かって知っていた？

最後のひらひら花吹雪
来年も来てねって
花びらに書いた
みんなへの手紙なの

新しい朝の始まり・虫や鳥や花も喜び

寝苦しい熱帯夜
朝早く目が覚めた私は
障子と窓をすーっと開けました

するとベランダの赤紫色の朝顔が
目にぱーっと飛び込んできました

こんなにもたくさん
一斉に咲いているのを見るのは初めてでした

夏の新しい朝の幕開けと共に
虫たちの演奏が　ゆっくりと始まりました

アブラゼミが
　ジージー　ジージー
　　遠くまで響く甲高い一音で

ミンミンゼミが
　ミーンミン　ミーンミン
　　リズムと強弱をつけて

ヒグラシが
　カナカナ　カナカナ
　　ムードたっぷりに

やがて鳥たちが目を覚まし
虫の演奏に合わせて歌いだしました

普段目立たない姿のキジバトが
　デデッポポー　デデッポポー
　　低いこもった渋い声で

いつもは歌自慢のウグイスも
　ホケキョ　ホケキョ
　　遠慮がちに小さくちょっとだけ

昼間はおしゃべりなスズメたちも
　チュン　チュン
　　眠たげにちょっとだけ

夕暮れ時は長く声を張り上げるカラスが
　カァ　カァ
　　短く小さくちょっとだけ

静かに見守る木々たちも
幹や枝や葉も朝焼けに染まり
オレンジ　金色と美しく輝いていきました
我が家のベランダの赤紫色の朝顔も
お空にむかって
ラッパを吹いて参加していました

秋のピクニック

秋のお日さま　優しく　ニーコニコ
しーろい　ちぎれ雲が　ぷーかぷか
大きな　おにぎり持って　公園へ
これから　楽しい　ピクニック

さあ　着いた　着いたよ　公園に
こんなに　賑やかだとは　思わなかった

トンボも　野鳥も　あっちに　こっちに
家族も　カップルも　あっちに　こっちに
秋の虫も　あっちに　こっちに

ツクツクボウシだけが　1匹　遠慮がち
え？　まだいたの？
なんて言うのはかわいそう

ドングリが　地面に　いっぱい　コ～ロコロ
リスがいたら　きっと大喜びね
私も　2つ拾って　ポケットに

あなたと　私と　犬2匹
たてよこ　仲良く　並んで　歩いてる

朝顔どん

初冬になって
ツルになる
朝顔のタネ
ようやくとった

遅すぎる！
もうすぐ勝手に
はじけるところよ！

薄い茶色のホッペ
膨らまして
ふくれっ面

こんなにたくさんのタネなって
これだけたくさんの花が
毎日咲いてたってこと？

ぜんぶ見てあげなくて　ごめんねと
ちょっぴり思っていたならば

あなたに　見てもらいたくて
咲いていたんじゃないから
気にしなさんなと

朝顔どんの
つぶやき声が
聞こえてきたような

枯れ葉掃除

枯れ葉掃除をしていると
道行く人が言いました

掃いても掃いても
きりがないですね
大変ですね

嫌で嫌で
早く終わりたくて
仕方がなかったのに
そんな優しい言葉を
かけてもらったものですから

自分の家の周りを
当たり前に掃いているだけなのに
まるで自分がいい事をしているような
そんな気持ちになりました

そうしてしまいには
これだけの枯れ葉が
夏の間中　青々として
私の目を
楽しませてくれたのだと気がついて
枯れ葉を見る目も
ホウキ持つ手も
優しくなりました

大掃除

鏡が汚れていても
窓が汚れていても
壁が汚れていても
そんなものだと思っていた
それが普通だと思っていた

気にしない　感じない
それが普通だった

掃除をしたら　気がついた
前はこんなに　綺麗だったんだ

あんなに汚れていても
気にならなかったのに
こんな小さな汚れまで　気になりだした
不思議だな

せっせ　せっせと　綺麗にして
あちこち
ピッカピカに　したくなった

不思議だな

心の中も
ピッカピカに　なったみたい

不思議だな

新しい年

鳥たちが　暗闇の中　枝の上
みんなぐっすり　眠っていたの

一羽だけ　目を光らせて　起きていた
目のいい鳥が　言いました
やってくるよ～！　やってくるよ～！

木の下で　ぐっすり　寝ていた　猫たちも
何が来たかと　大騒ぎ
鷹でも来たの？
みゃあみゃあ　ブルブル　大騒ぎ

ぐっすり　寝ていた　鳥たちも
何が来たかと　大騒ぎ
ワシでも来たの？
バサバサ　ブルブル　大騒ぎ

一羽だけ　目を光らせて　起きていた
目のいい鳥が　言いました
新しい年が　やってくるよ～！
新しい年さん　こっちだよ～！
早くおいでよ～！

他の鳥たちも　嬉しくなって
口をそろえて　言いました
新しい年さん　こっちだよ～！
早くおいでよ～！

福袋

七福神巡りの通り道
珈琲屋のいい香りに誘われて
福袋千円の文字に　目が止まる

福袋くださいと目を輝かせ
買う私も　売る店主も
うきうき　そわそわ　うれしそう
中を開けて　見てみると
一袋で二千四百円の　ブルーマウンテン二袋
普段なら　高くて飲めないものだから
福をもらって　ここしばらくは
幸せいっぱいの　この私

Reina.S

ゆず湯

台所にゆずがありました
お漬物に使って
黄色い皮の表面を　ところどころ
白く削られたゆずがありました

他の料理に使おうと
台の上にほったらかしにされていた
可哀そうなゆずがありました

ちょっぴりしわになって
香りも弱くなった
みすぼらしいゆずがありました

次の使い道を考えているうちに
しぼなえてしまいそうなので
ゆず湯にされることになりました

お風呂に入ると
ゆずがタオルにくるまれて
お湯にぷかぷか浮いていました

少しでも香りをだそうと
タオルを何度も
両手でぎゅっとされていました

しばらくすると
ゆずの実の一部が水面に
浮いてきました

よく見ると
くるんでいたタオルの結び目が
大きくほどけていました

種は小さいくせに重いので
お湯の一番下に
じっと沈んでいました

手でつかもうとすると
ふわっとお湯に浮いて
なかなかつかめません

金魚すくいのように
うまくすくえそうで
するっと逃げたりしました

すくい上げても
すくい上げても
種はまだ底にありました

あとで種を
並べて数えたら
21個もありました

きっとゆずもお風呂が大好きで
いっぱいお湯に
入っていたかったのかもしれません

小さくて愛しいものたち

思わず微笑んでしまう愛すべきものたちへ

親子スズメ

最初　恋人同士かと思っていた
口移しでパンを　あげていたものだから

窓越しに　よおく見ていたら
一羽は離れたところで　ちょこんと待っている
飛び立った一羽の方へ　飛ぼうとしては
ためらって　よちよち危なっかしい
飛んでいった一羽は帰ってくると
開けたくちばしの中に
運んできたパンを渡している
何度も何度も　いったりきたり
そんな親子スズメが　毎日　きているみたい

鳥たちのウワサ

気のせいか
スズメの数が　増えたよう
違う鳥も　まじっている
ウグイスまでも
こんな近くにきて
あの美しい声で　鳴いている

あそこの家は　安心だよと
もしかしたら　鳥の仲間で
ウワサが広がってるのかな

そろそろ

今日は涼しいので
窓を開けて網戸越しに
スズメたちを見ていた
もっと近くで見たいと
私は　そろそろと近寄っていった
まだ　大丈夫
もっと　もっと
ワン！　ワワン！

犬の大きな声に驚いて
スズメたちは一斉に飛んでいってしまった

私は知っている
木の枝の上から見下ろしているのを
ほんの5分もしたら　戻ってくるかもしれない
そうしたいに　違いない
座布団を折り畳んで　寝たふりしよう

心地よいそよ風に　頬をなでられ
ウトウトとして気がつくと
コツ　コツ　トン　トン
音がする

もしや?　ゆっくり体を回して

頭をあげて見てみると
すぐそこで　またスズメが黙って
静かに食べている

私を起こさないために？
私に気がつかれないために？
なんてことは　ないだろうけど

声をひそめていても
そのかわいい小さなくちばしと
小さなあんよの　足音で
あなたたちのこと
わかるのよ

小さな後ろ姿

籠の中の小鳥が
窓の外をじっと眺めていた
そんな小さな後ろ姿に
外に出て行きたいのかしらと
籠の中に束縛している私は
胸がきゅんと締めつけられた

別な日に　同じ小さな後ろ姿を見て
いっぱしに　外敵を警戒して
巣を守っているんだなあと
あなたはしきりに感心していた
ほんとはどっちなのかなあ？

小さなあなたたち

人差し指ほどの　あなたたち
覗きこむ　私の体が　きっと
大きな　怪獣のようにでも　映るのでしょうか

人差し指ほどの　あなたたち
さっとひく　カーテンの音が　きっと
とどろき響く　雷のように　聴こえるのでしょうか

人差し指ほどの　あなたたち
急に動く　私の動作が　きっと
急発進でもする　車のように　感じるのでしょうか

ちょっとしたことで　はっと驚く
小さな　小さな　あなたたち

同じ空間にいながら
住む世界の　大きさも　感じ方も　能力も
私とは違う　あなたたち

生きている　世界の
スピードが違う　あなたたち

＊あなたたち＝飼っている小鳥

そばにいるだけで

あなたと目と目が合っただけで
桜が満開になるように
私の顔はぱっとほころび
あなたと心が通じもしないのに　嬉しくなる
あなたの心はいつも
自分の世界だけでいっぱいで
いつまでたっても　私はただの外野の一部
そんなあなたの心を
無理に私に向けさせようとするのは
もうあきらめました
あなたを遠くから見ているだけでも
十分に幸せですから

＊あなた＝飼っている小鳥（キンカ鳥）

好きと嫌い

子供の頃　犬に吠えられてから
私は犬が　大の苦手

どの顔見ても
吠える　噛みつく　食べる　寝る
そうよ！
犬は　どれもみんな　同じ！

散歩で犬がやってきたら
道の反対に　さっと渡り
後ろから　はあはあ　やってきたら

振り向くこともできず
早くあっちへ行って！　と願うばかり

子供の頃から
近寄れない　見られない　触れない
犬との　長い遠距離関係

そんな犬と　突然暮らしはじめ
犬にだって
嬉しい　楽しい　悲しい　悔しい
いろんな心が　いっぱい　いっぱい　あるって
知れば　知るほど
犬が　どんどん好きになっていきました

スズメだって　カラスだって

みんな　同じ顔してさ
みんな　同じ声してさ
だけど・・・

嬉しい　楽しい　悲しい　悔しい
スズメにだって　カラスにだって
いろんな毎日があって
たくさんの心があるのかもしれない

知らないから　怖くて
知らないから　嫌いで
知ろうとしないから　興味がなくて
いったん　知りはじめると
好きになってきたりもする

愛犬との朝

朝　ベッドから起き上がり
3、4歩歩いた瞬間

私の目覚めに気がついた愛犬の
階段を勢いよく駆け上がってくる足音

ダダダダダ～！

目を合わせれば
尻尾は　ぶんぶん　ちぎれんばかりに
腰は　くねくね　フラダンス

足は　らったらった　タップを踏んで
部屋を　ぐるぐる　回って
喜びのダンス

おはよう　嬉しいよ！
大好きだよ！
小踊りしながら
喜びをいっぱい
体で表現している
愛さずにはいられない
「愛」「犬」

愛犬のトリミングの日

一番　可愛くなる日
ほおずりしたくなる日
ご近所に聞こえたら恥ずかしいけど
ハンサムになった！　美人になった！　って言う日

財布はしくしく
だけどこの日のために節約できる日
とっても嬉しい日　しばらく嬉しい日

スタッフが病気でお休みだったんだって
昼に行ってらっしゃい　夜8時半にお帰り
よく頑張った　エライ　エライ

だけど、最近、リリィが人が駄目になってるって
爪切り　肛門絞り　嫌ー！　嫌ー！　するんだって
交配で人に触られるのが嫌になったのね
かわいそうに　ごめんね

子犬の頃は人が大大好き
前に人を見つけると　いつも背中めがけて2本足で立ってトコトコ
ニンジンをぶら下げたロバみたいに　必死にトコトコ
ねえ　私に気がついてよ～　遊んでちょうだいよ～

今は人を見てもあんまり・・・
おとなになるうちに　嫌なこと嫌いな人　増えるよね
好きな事　好きな人も　増えるよね
だけど私は　はじめからどんどん
あなたを好きになるばかり

お家《うち》のお医者さん

家の外で物音がする
警戒して愛犬が吠える
私が優しく話しかける

雨どいがはずれてね
直してもらうついでに
お願いしたの　とい掃除

病気になると　お医者さんに
みてもらうでしょう?
毛が伸びると　トリマーさんに
綺麗にしてもらうでしょう?

お家の具合が悪くなってね
お医者さんに　みてもらっているの

とってもありがたいの
だから吠えちゃいけないの

どうせ言ってもわからないのにと
思いながらも話しかけていたら
なんだか　おとなしくなった

ような？
そんな気がする

愛しいあの娘は知らんぷり

愛しいあの娘が
気取ってる
背中をむけて
聞こえないふり
名前を呼んでも
知らんぷり
影まですまして
知らんぷり

抱きしめたいほどに

いたずらっぽい顔をして　チラチラ見ながらする
なにげないいたずらも
座ってキラキラした目で
わくわく何か期待しながら見上げている姿も
おもちゃを追いかけて　必死に遊んでいる光景も
私の後を追って　ちょこちょこついてくる足音さえも
そんな一つ一つの日々が　なんて素敵なんだろう
ありがとう・・・
って思わず
今のあなたと毎日を
ぎゅっと抱きしめたくなる

愛おしくて

冬の朝
リビングに入り
ガスファンヒーターの　スイッチを押す
すぐに温かい風が　部屋を暖めだす

愛犬のゲージの前に行き
扉を静かに開ける

朝の挨拶の　尻尾すら振らずに
私の顔も　ちらりとも見ずに
一直線に歩いていく

ヒーターの前にオスワリしてから
ようやくちらっと私の方を見ている

そんな可愛くない態度さえ
愛おしくて
どんな小さなことでさえ
愛おしくて

こんなことがあった
いつもこうだよねと
あなたと笑いながら
同じ話を繰り返す

そんな毎日が愛おしい

Reina.S

小さな物語

物語のような言葉の世界

愛の人魚姫

月の光に照らされて
岩壁にたたずむ　人魚姫

遠い海を見つめては
やさしく歌う　愛の詩

誰を想って歌うのか
そんなにも哀しく　せつなげに

美しく奏でるハープの音色は
波の調べにとけ込んで
砂浜の貝たちだけが
静かにじっと　聴いている
今夜もまた　子守歌のように

雪物語

はかなくも美しく
冷たくも透き通る　雪の結晶
それにはこんなわけがあるのです

雪の国の妖精が
小さな星の姿に変えて
地上に降りてくるという

遠い昔に出会った
愛しき人に　会いたくて
見つけてもらいたくて
やってくるという

待って　待って　待ち続けて
とうとうあきらめるとき
白いため息をつくと
すっと溶けて　帰っていくという

どんなに　焦がれてやってこようとも
永久に会えないというのに・・・

そんな哀しくも　美しい愛があるからこそ
雪を見ていると
なんだか静かな気持ちになるのです

星の時計

地球は宇宙を　まわってる
くるくる　くるくる　まわってる
太陽の周りを　まわってる

月はまわってる
くるくる　くるくる　まわってる
地球の周りを　まわってる

地球は太陽が　好きだから
月は地球が　好きだから
まわりながらも
つかず　離れずにいるんだよ

だけど　どうして　まわってる?

地球も　月も　太陽も
遠いお星さまから見た
時計なの

地球と月と太陽の位置を見て
朝だ　お昼だ　三時だと
いつも遠くで見ているの

時々　星の誰かがやってきて
まわれ　まわれと
時計のねじをまわしていくの

朝顔坊や

朝顔坊やが　生まれたよ
土のお帽子　ちょこっとかぶって
万歳しながら　生まれたよ

朝顔坊やが　寝ているよ
風がちょっぴり　ゆらしてみても
気持ちよさそうに　寝ているよ

朝顔坊やが　見ているよ
あのお空に　ぶらさがろうと
お手手を伸ばして　見ているよ

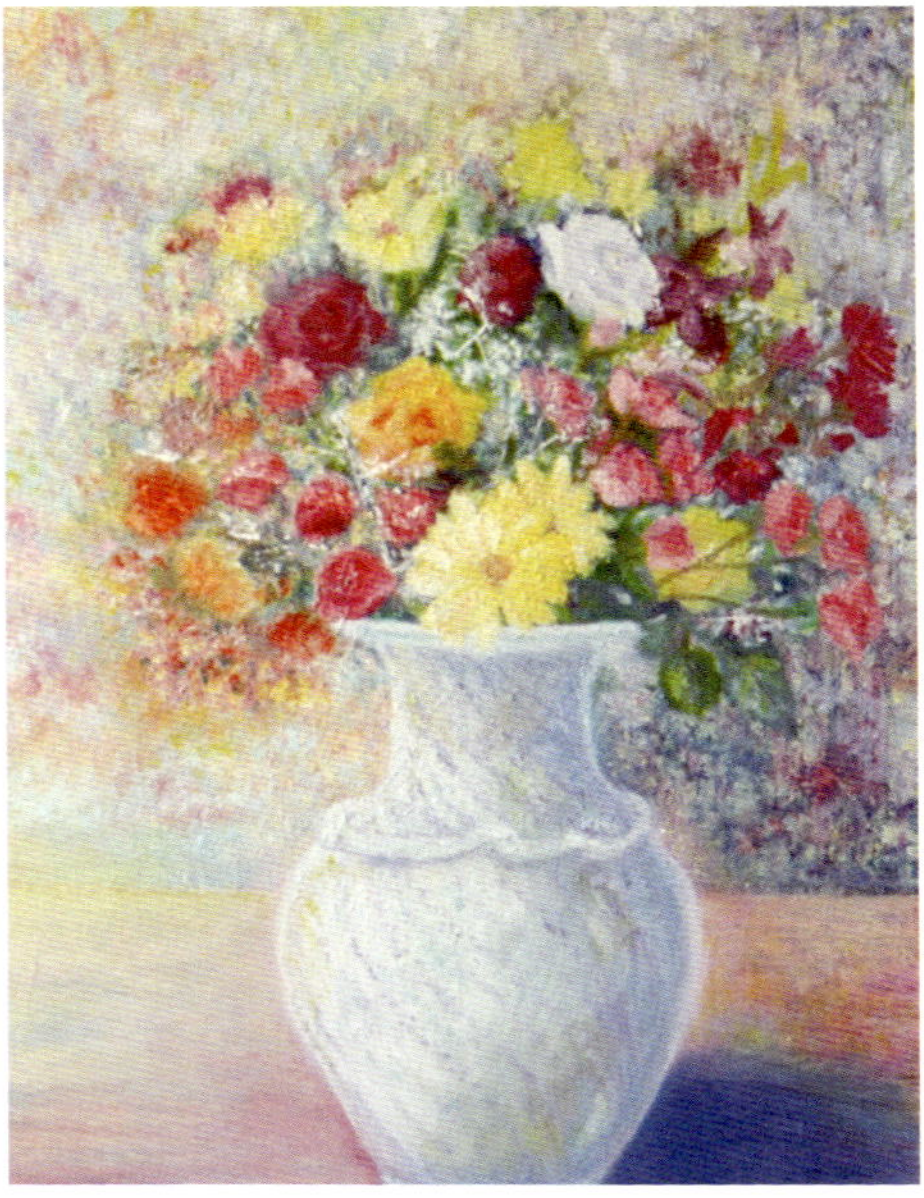

ちょっきん　ちょっきん

白いねじりはちまきをした植木屋のカマキリが
庭の草を刈っていました。
こんなに草をぼうぼうにしてしまって。
この暑さ、たまらないな。
客も、ここまで草を伸ばすことはないだろうに。
少しは自分でやれっていうんだよ！
カマキリはぶつぶつ言いながら
鎌《カマ》で草を刈っていました。

隣の家の庭でも
白いねじりはちまきをした植木屋のクワガタが
庭の木の枝を切っていました。

こんなに枝を伸び放題にさせて。
伸ばしすぎなんだよ。
いったい何年、手入れしていないんだよ。
クワガタはブツブツ言いながら
大きなのこぎりで切っていました。

クワガタとカマキリがぱたっと目が合いました。
木の上からクワガタがカマキリを見下ろして言いました。

「やあ、カマキリさん。暑いね。
そんなに小さな鎌じゃ、大変でしょう。
こちらが終わったら手伝ってあげようか？」

カチンときたカマキリが、
両手で持った鎌をカチカチンと鳴らしながら言いました。

「いやあ、こんなの簡単さ。
そっちこそ大変そうだね。終わったら手伝ってあげるよ。」

だらだらとやっていたクワガタとカマキリは、
急にはりきりだしました。
せっせ。せっせ。
草も枝もみるみる短くなっていきます。

その隣の家では散髪屋のカニが
客の猫の毛を切っていました。
聞こえる鎌とのこぎりの音につられ
カニの持つハサミも早くなりました。

ハサミでちょきちょき。
猫の毛もみるみる短くなり
おひげまでうっかり、ちょっきん
切りおとしてしまいました。

寝ていた猫が起きました。
鏡を見てびっくり
私のひげはどうした?
すいません。うっかり切ってしまいました。

大根の歌

ふかふかの　土布団の中で　寝ていたら
そりゃないでしょう　おじいさん
寒いのに　ぼくをひっこぬき
寒さで　ブルブル　震えたぼく
頭は真っ青　体は真っ白

連れていかれた　スーパーが
あったかいので　うとうと台の上
見つからないよう　隠れていたのに
うっかり　誰かと　目があった

そりゃないでしょう　おばあさん
にっこり　ぼくをひとつかみ
気がつきゃ　おばあさん家に　連れてかれ
いきなり物干し竿に　つるされた
この間まで　気持ちよく
あったかい　土布団に　くるまっていたぼく

そりゃないでしょう　おばあさん
ぼくは　こんな寒い中　天日干し
この間まで　仲良しだった　お日さまが
今は　ぼくを苦しめる

そりゃないでしょう　おばあさん
ぼくは　そのうち　干からびて
黄色い　たくあんに　なる運命

星はいつだって

何十億年前に誕生した　この星で
何度も　何度も　繰り返し
家が建てられてきた　この星で

星の数ほどの人が
ぺたぺた　とことこ
歩いてきた　この星で

本にしたらベストセラー小説になり
積んでいけば重みで
宇宙の底まで沈むほどの

数え切れない　誰もの人生の

あなたの重み
あなたの悲しみ
あなたの喜び
あなたの声を

今もあなたの足元で
そっと感じている

たまたま生まれた
あなたと同じ
地球という名の　この星で

メッセージ～白鳥鈴奈のファンより

何気ない日常の中で、くすっと笑えるユーモアが光る作品や、四季折々の風景、鳥や虫、愛犬たちへの愛情などを、飾らない素直な言葉で綴られた詩集です。

また童話のような物語性のある作品も、著者の豊かな感性で描かれていて、思わず笑顔がこぼれます。

生きていくということは、楽しいことばかりではないでしょう。ですが日々の暮らしの中に幸せだって沢山あるのです。それは特別なことではなく、当たり前に目の前に存在しています。

忙しいとき、悲しいとき、辛いとき、幸せが見えなくなってしまいがちです。そんなときこそ、ちょっぴり笑えて、心がほんわり温められる作品たちが、優しく包み込んでくれるでしょう。

多くの方に読んでいただきたいと心より願っております。

坂本真美

あとがき

たくさんの本の中からこの詩集を選んでくださりありがとうございます。

あなたは詩を読むのが好きですか？　詩を書くのが好きですか？

私が詩を初めて書いたのは中学二年の時でした。そして今もずっと書き続けています。

飽きっぽい私がこんなにも長く続いている理由は何？　と胸に手をあてて考えてみました。

そうしたら、こんな声が聞こえてきたのです。


なんだか悲しいな！　なんだか寂しいな！

こんな嬉しいことがあったのよ！

今、こんなこと、私思っているの！

今日、こんな発見したのよ！

うふ、こんなこと、想像しちゃった！


誰かに聴いてほしかったんですよ！

最初はあなた（私）自身に、次に他の誰かに。

と。

私はおとなしい性格で、思ったことをなかなか目の前にいる人に伝えることができませんでした。しかし声に出して話をするには勇気がいることも、照れくさいことも、詩は気軽に書けてしまうのです。

また現実と空想の世界も自由に行ったりきたりできます。自分が花や動物や鳥や虫の気持ちになったり、感じていることを彼らに代弁してもらうこともできます。

この作品の中に私以外のたくさんの者が登場しています。彼らはなにをつぶやいているでしょうか。ぜひ心の耳をすまして聴いてあげてください。

そして、この詩集をご覧になったあなたの心に何か届くことがありましたら嬉しく思います。

また出版に大きな力を注いでくださった坂本真美さん、何度も問い合わせと希望に応じてくださり、素敵な詩集にしてくださった竹林館の左子真由美さん、みなさんに心より感謝しております。

白鳥鈴奈

著者プロフィール

白鳥 鈴奈（しらとり れいな）

自画像（自筆）

東京に生まれる
東京薬科大学卒業
文芸同好会「山の音」発行

ホームページ（1998年～）
「LOVE AND TIME（絵と詩で癒しのひと時）」
で詩と絵を発表

詩関係
読売新聞「子どもの詩」に掲載
「まぐまぐ」にてメールマガジン「愛の砂時計」発行（2001.12.4 創刊号～128号）
HTMLマガジン「コーヒータイムにお届けする癒しの絵」（ミュージック絵詩）
童話
童話『見えないクリスマスプレゼント』歌手ボニーピンクさん朗読（2008. 12）
全国民放ＦＭ53局 PRESENT ～ MEET THE MUSIC TALKING BOOK 2008
電子書籍
童話『まーたんとおつきさま』アマゾン（2013. 8）
詩集『小さな愛の世界』『愛犬の詩』アマゾン（2013. 10）
写真集『愛犬のいる風景』（2014. 1）
絵画活動
公募展　ボザール展・バラの絵コンクール・関東全展・たぶろう展
　　　　上の森美術館・日本の自然を描く展
個展　　全労済／スペース・ゼロ　「白鳥鈴奈絵画展　花と詩情」2003
　　　　NAAアートギャラリー 2004「白鳥鈴奈絵画展　花と詩とメルヘンと」
　　　　他　カフェ、ギャラリーにて
個展紹介
読売新聞　シティーライフに掲載（2004. 5. 7）
YOMIURI ONLINE 掲載
千葉テレビ　ニュース
その他
第8回文化庁メディア芸術祭　WEB参加　タイトル「アートの発信」2004
白鳥鈴奈のアトリエ（WEB）　Yahoo! 詩と油彩画のカテゴリに掲載

HP: 白鳥鈴奈のアトリエ　https://art-reina.com

白鳥鈴奈詩集
小さな幸せ×1000＝大きな幸せ

2019年11月1日　第1刷発行
著　者　白鳥鈴奈
発行人　左子真由美
発行所　㈱ 竹林館
〒530-0044　大阪市北区東天満2-9-4　千代田ビル東館7階FG
Tel　06-4801-6111　Fax　06-4801-6112
郵便振替　00980-9-44593　URL http://www.chikurinkan.co.jp
印刷・製本　モリモト印刷株式会社
〒162-0813　東京都新宿区東五軒町3-19

ISBN978-4-86000-418-7　C0092
定価はカバーに表示しています。落丁・乱丁はお取り替えいたします。